AF498146

SIBYLLARVM DVODECIM
ORACVLA, EX ANTIQVO LIBRO
LATINE PER IOAN. AVRATVM, POETAM
& interpretem Regium, & Gallicè
per Claud. Binetum edita:

Cum eorundem figuris ad viuum ex antiquis à Ioan.
Rabellio Pictore expreſſis.

LES ORACLES DES DOVZE
Sibylles, extraicts d'vn liure antique, mis en vers
Latins par Iean Dorat Poëte & interprete
du Roy, & en vers François par
Claude Binet.

Auec les figures deſdites Sibylles pourtraictes au vif, & tirees
des vieux exemplaires par Iean Rabel.

A PARIS,

Chez Iean Rabel, demourant à la ruë S. Iean de Latran,
à la Roſe rouge.

M. D. LXXXXVI.
AVEC PRIVILEGE DV ROY.

M A D A M E, ceux qui de plus pres ont contemplé le fouuerain bien, qui eſt Dieu, & qui ont voulu voguer en plus haulte mer de ſes ouurages, ou entrer plus auant au cabinet de ſes miſteres n'ont ſceu veoir, decouurir ny apprendre autre choſe, ſinon qu'il eſtoit inuincible, incomprehenſible, & ineffable, & pour ce ils nous ont appris ceſte belle Theologie, qu'il faut pluſtoſt croire, mediter & admirer ce grand ouurier, que d'vn vol d'Icare approcher noz aiſles de plume & de cire pres d'vn ſi eſclattant Soleil.

C'eſt pourquoy il ne voulut iadis que l'on fut curieux d'en ſçauoir d'auantage qu'il luy pleuſt d'en deſcouurir par ces Oracles & Prophetes, leſquels, par ſon conſeil admirable, auoient eſté par luy de bas lieu eſleuez par vne ſcience non commune pour y remarquer ie ne ſçay quoy de plus qu'humain.

Et par ce que le Soleil de ſa bonté deuoit quelque fois reluire auſſi bien ſur les Gentils, deſquels nous ſommes iſſuz, que ſur les Iuifs ſon peuple eſleu, lors qu'il romproit la paroj d'infidelité, qui les ſeparoit, comme par ſes prophetes il a voulu predire aux Iuifs, par certaines figures & ombrages leur faire ſçauoir, qu'vne Vierge enfanteroit vn fils du ſeul ouurage de Dieu, & en Bethleem, qu'il ſeroit recogneu des beſtes : ſeroit poſé en la creiche, qu'au ciel ſa gloire ſeroit entenduë : tantoſt qu'il ſeroit Roy humble & debonnaire, & qu'il ſeigneuriroit la terre, qu'il brideroit l'enfer, tantoſt qu'il tireroit le peuple Gentil hors de tenebres, & qu'à ceſte fin il ſe choiſiroit certain nombre de perſonnages de bas lieu, qui feroient retentir leur voix par l'Vniuers. Tantoſt qu'il nous feroit iouyr d'vne bonne paix, tantoſt qu'il nous mettroit en liberté nous deliurant du ioug des Peres, tantoſt qu'il ſeroit fils de Dieu, Roy & Prophete, qu'il se vestiroit de nostre humanité : qu'il seroit tourmenté, batu, souffleté, mocqué & abreuué de fiel & de vin-aigre : tantost qu'il seroit iugé & reputé comme meschant, & comme tel condamné à mourir, qu'il demeureroit trois iours mort, & que le troisiesme il ressusciteroit : tâtost qu'à la fin du monde il sera iuge equitable de tous, tant petits que grans, condamnant les vns au feu d'enfer, les autres à la vie perdurable & eternelle. Le mesme il a voulu predire au peuple Gentil par les Sibylles, femmes infideles & agitees du maling esprit, lesquelles toutesfois furent vaincues & forcees par l'esprit de Dieu (qui quelque-fois parle par la bouche des faux Prophetes, & les contrainct bon gré mal gré de dire la verité) en ce qu'elles nous ont predict des choses susdictes.

Et d'autant que l'vn des signalez tesmoignages que nous ayós point au rapport des gens doctes tant anciés que modernes pour l'exaltation de nostre saincte foy, est celuy que nous auons des oracles & des carmes de ces Sibylles, ie me suis aduisé de grauer les pourtraicts desdictes Sibylles au plus pres de la naifue representation, que l'antiquité m'ait dónee auec vn sommaire de leurs predictiós appropriees à vne chacune d'icelles, que ie presente à vostre Maiesté, comme les premices de mes labeurs.

Ie sçay, Madame, que c'est vn don bien maigre & indigne de l'œil de la plus grande & plus vertueuse Princesse qui viue, & laquelle est l'espouse du plus sage & deuotieux Roy, qui porte couróne. Toutesfois il vous plaira excuser la petitesse de l'œuure, & recueillir de vostre accoustumee debonnaireté la bonne volonté de celuy qui vous le presente, auec toute humilité, vous priant de le receuoir, comme partant d'vne main qui de long-temps s'est vouee à vostre seruice. Priant celuy qui a ouuert la bouche de ces Sibylles pour predire la venue du Roy des Roys, vous vouloir, auec l'accomplissement de tous voz autres bons & saincts desirs, faire ceste grace d'auoir (& à nous de le veoir) vn enfant, capable de tenir, apres vn si sage & bon Roy, le Royaume de France.

Par le moindre de voz tres-humbles &
obeissans subiectz, Iean Rahel.

AD SERENISSIMAM PRINCIPEM,
LODOICAM LOTARÆNAM, GALLIÆ
REGINAM.

CVI potius,tibi quàm diuino numine p'enæ,
  O Regina,sacer conuenit iste liber?
Editus antiquis bissex liber iste Sibyllis,
  De Christi aduentu cuncta futura canens,
Debuit vt nasci de virgine,Patris imago,
  Straminea pueri membra tegente casa.
Et bouis atque asini iuxta præsepia lacte
  Virgineæ mammæ paruus alumnus ali.
Angelicósque choros media de nocte corusca
  Dicturos illi dulce,patríque melos.
Pastorésque pios,& tres sua munera Reges
  Illi allaturos matris ad vsque sinum.
Sicut pérque gradus ætatis cresceret infans,
  Cresceret & virtus vt manifesta fore.
Deinde vbi maturos iam peruenisset ad annos,
  Vt doceat summi gloria quanta Dei.
Primùm apud Hebræos,ipsas & denique Gentes,
  A vitiis reuocans vulgus vtrumque suis.
Quódque probans vero verum se è numine numen,
  Miranda humanis plurima signa daret.
Discipulos sibi Bißenos sociaret eunti:
  Qui discant à se verba docenda palàm.
Temporis hinc spatio cursu sibi ritè peracto,
  Quod mundum seruans,debuit ipse pati,
Proditus,affectus flagris,alta in cruce fixus:
  Sicque Patri factus victima grata mori.
Tempore quo tenebris sol esset signa daturus:
  Et motu tellus contremefacta suo.

A ii

Tertia lux sed eum quod sit visura, sepulchro
  Qui liber mortis nil nisi signa ferat.
Scandat & in Cœlum, mittendus Spiritus almus,
  Discipulis vt sit cœlico in igne suis.
Flamine quo pleni facientes signa, docentes,
  In terrarum orbem sacra Deúmque ferant,
Et moneant gentes resipiscere velle, nec vltrà
  Peccare, extremum nam fore iudicium.
Per quod tempus in omne bonis sit vita beata,
  Supplicium contrà tempus in omne malis.
Talia de Christo Bissex cecinere Sibyllæ,
  Multorum antiquis testificata libris.
Quæ sacris Euangeliis tam consona constant,
  Quam sacre inter se quattuor historiæ.
Versibus hæc ornata, nouis ornata figuris
  Depictis, tibi tres munera terna ferunt.
Versibus Aurati, Benetíque, atque Rabelli,
  Pingendi quo non maior in arte, manu.
Dúmque ea per populos oracula sancta volabunt
  Auspice te, populi votum erit omnis idem.
Natalem vt sicut Christi cecinere Sibyllæ,
  Sic pueri fias mater & ipsa breui.
Lilia qui gestans, regni septrúmque paterni,
  Post longos veniat patris in acta dies,
Christi sacra tuens, hostes arcénsque prophanos,
  Iustitiámque iubens per fora cuncta coli
Quod patri ferat HENRICO, matri, & tibi summam
  Lætitiam, & populis Gallia quotquot habet.

Ioannes Auratus Poeta &
Interpres Regius.

AD IOANNEM RABEL, EXPRESSISSIMVM
HVIVS SECVLI APELLEM.

Ol Deus est,nulli Solem sine Sole,Deúmque
  Absque Deo fas est cernere,sacra sacris.
Tam benè picta tibi est afflata hæc numine Diuûm
  Virgo,Sibyllinum,Rabel acute, genus:
Quis neget afflatum diæ te numine mentis?
  Sis vt Apellææ pársque decúsque manus.
Ergo agè,quando sacras fas te duce cernere Diuas,
  Turba Deûm hísce tuis sit quoque nôta notis:
Hæc vt agas,Lachesi superet quod torqueat,annos
  Vsque Sibyllinos viue Sibylligraphus.

Ianus Edoardus du Monin,P P. ex tempore.

Du mesme,   SONNET.

Ans Soleil le Soleil n'est point veu de noz yeus,
  Dieu,Soleil du Soleil,mer de toute lumiere,
  Sans son propre Soleil n'ouure point la paupiere
De l'œil de nos esprits à ses rais gracieus.
Puisque donc,mon Rabel,ton art industrieus
  Trace si gentiment d'vne main heritiere
  Du style Apellien,la Saincte presagiere,
Qui nira ton burin buriné dans les cieus?
Or' nous aiant fait voir des Deesses l'Image,
  Fais voir d'orenauant par ton artiste ouurage
  Le camp de tant de Dieux,Ieu de l'antiquité:
Et pour meiner à chef ton entreprise heureuse,
  La Sibylle te doint sa vieillesse ioyeuse,
  Echange du portrait de sa diuinité.

Ian Edoüard, P P.

A iiij

AD TRES HVIVS OPERIS EDENDI
AVTORES.

VOs tres quifque fua periti in arte,
Veftrum & miror opus recens peractum.
  Te ô Aurate, Sibylla quo vetufta,
Simbetha illa vocata genti Hebręæ,
Eft interprete publicata primùm,
Auditore frequente, pérque docto.
Et nunc quod reliquis datum Sibyllis
Certos vaticinarier per annos,
Aduentu fuper imminente Chrifti:
Paucis verficulis, fed his politis,
E'Græcis Latias vocafti in oras.
  Te miror quoque, te Binete miror,
Te Binete bilinguis, è Latinis
Per quem Gallica nunc canunt Sibyllæ,
Tam tersè propriéque, vt educatæ
Poffint Gallia in intima videri.
  Miror te quoque tertium Rabelle
Pictor, cui data dextra Dædalæa,
Pingendas varias tot ad figuras:
Bis fex quod veteres probant Sibyllæ:
Quas tam viuidulásque viuulásque
Pinxifti, vt nihil his nifi loquendi
Defit copia: quam duo dederuat
Confortes operis tui poëtæ.
Quare gratia nunc triplex habenda
Eft vobis tribus, artibúfque veftris:
Per quos reddita vita fit Sibyllis.

Ioannes Caluimontanus te Monix.

IN ORACVLA DVODECIM SIBYL-
LARVM A TRIBVS EDITA.

AVreus Auratus versu, viuáxque Rabellus
 Pictura, dans hic corpus, at ille animam.
CHRISTI dum celebrant bis senis acta Sibyllis,
 Inter se fœdus sic coïere pium:
Pictor vt effigies ad viuum pingeret: illis
 Auratus vocem carminis arte daret.
Fecerat Auratus Latio prius ore loquentes:
 Binetus patrio nunc facit ore loqui.
Quæris de tribus est quis splendidiore corona
 Dignus? par sit eis digna corona tribus.

Ioan. Clouetius, Andegauus.

Εἰς τοὺς αὐτοὺς ὁ αὐτῦ.

Εἰ ζητεῖς διάτι πλέυς πρὸς ἔργον
Ἐν χεῖρας σφετέρας ὁμῦ παρέχον,
Πολλάστ' ἐργασίας σοφοὶ σοφάστε,
Οὐδ' αὐτὸς μόνος εἷς βίβλυ τεχνίτης,
Οὐκ ἐργατέον ἦν τοσῦτον ἔργον,
Πλὴν πολλοῖσι Σοφώτατον Σοφοῖσι.

Ι. Κλουήτιος.

IN IO. RABELLII SIBYLLAS, CVM
EIVSDEM ANAGRAMMATISMO, EPIGRAMMA
Io. Belbrulij, Lemouicensis Aduocati.

Nil præter Venerem laboriosè
Pars bona artificum expolire sueuit,
Ad ipsam quasi nobis esset ansa
Parùm, ni memores dârent tabellas.
    Na tu commodiùs facis, Rabelli,
Solerti renouans manu Sibyllas,
Nam nos vtilia hæ monent tacentes,
Ipsaque effigies loqui videntur
Orbis igniferam nouationem.
    Sed vin' scire tui quod est laboris
Diuini vndique præmium, Rabelli?
Ioannes agedum Rabelliúsque
Vertas, Laus tibi nobili serena.

Extraict du priuilege du Roy.

L eſt deffendu par lettres patétes du Roy noſtre Sire à tous imprimeurs painctres & tailleurs de figures, ſoit en taille douce ou en bois, de ne côtrefaire ou pocher les figures exhibees en vente, ou faicts par Iean Rabel, dedans dix ans, à conter du iour qu'ils ſeront acheuez d'imprimer, ſur les peines côtenües auſdictes lettres ſur ce depeſchees, ſignees par le Roy, & au bas par le conſeil, Chemeraud. Et ſeellees ſur ſimple queuë de cire iaune, ſi ce n'eſt du conſentement dudict Rabel, comme plus à plain apert és lettres du priuilege ſur ce donné à Paris le dernier iour de Iuing, 1583. Et de noſtre regne le neufieſme.

Acheué d'imprimer le 10. d'Octobre, 1586.

ANAGRAMMATISMVS.

Henricus Tertius. Lodoica Lotaræna.
NASCETVR HIS DE VTERO CORONA LILIATA.

Omina nominibus ſi ſunt ab origine prima
Inſita, neſcio quod numen & omen habent.
Nomine quod veſtro Rex & Regina probetur:
Naſcatur puer vt lilia ſacra ferens.

ANAGRAMME.

Henri Troiſieſme.   Loiſe de Lorraine.
ME NEISTRA ROI CHERI DE LIS E' LOIS ORNE'.

Bien qu'encore ne ſoit hoir Roial de moi nai:
Mon DIEV, en qui ſeul giſt toute mon eſperance,
M'a donné vn tel ſort par ſa grand' preſcience:
ME NEISTRA ROI CHERI DE LIS E' LOIS ORNE'.

I. Dorat Poëte & interprete du Roy.

Peinctres, ne peignez plus ni HENRY ni LOYSE,
Leur pourtraict dans nos cœurs eſt graué viuement,
Eux par vn ſeul pourtraict tiré diuinement
Se feront voir tous deux en leur race promiſe.

CLAVDE BINET.

LODOICA
LOTHARINGA
FRANC.
REGINA

PREMIERE SYBILLE.

A Sybille Perſique obtient le premier lieu
Sur le nom de Sybille, ayant du peuple Hebrieu
Tiré ſon origine, ou de la gent Chaldee,
On dict que d'vn Beroſe elle fut engendree
En ſa mere Erymanthe aux riues de la mer
Qui eſt rouge appelee, & la fit on nommer
Sambethe en premier nom : elle fut decoree
D'vn voile blanc & pur & de robe doree,
Des liures vingt & quatre ayant mis en eſcrit
Annonçans maint oracle au nom de Ieſus Chriſt,
Et comme il doit venir du ciel ouurir la porte,
Dont premiere de tous ourdit en ceſte ſorte.

Voila, Il eſt venu celuy qui de la plante
   De ſes pieds la fierté de la beſte accrauante:
   Il naiſtra le Seigneur de ceſte boule ronde,
   Et la vierge enfant'ra diuinement feconde
   Le ſalut aux Gentils ſans eſtre en rien tachee,
   Et la parole meſme aux mains ſera touchee.

*P*rima Sybillarum vulgari nomine dicta
Persica, sed Chaldæa genus, vel Hebræa propago:
Beroso quam patre ferunt, genitrice Erimantha
Ad rubrum natam mare, Sambetámque vocatam.
Insignis velo fuit albo, veste sed aureâ:
Viginti libros & quattuor edidit vna:
Multa quibus super aduentu est oracula Christi
Vaticinata, alijs non dissona deinde Sybillis:
Primáque de Domino sic est veniente locuta.

   Ecce venit, qui te conculcet bestia plantis:
Nascitur dominus terrarum missus in orbem:
Virginis & gremium pariet sine labe salutem
Gentibus: & manibus fiet palpabile verbum.

A ij

SECONDE SYBILLE.

L'Autre qui fut du nom de Lybie appelee
Ayant le chef orné de verdure meslee,
   Sur vn floccon de fleurs paroissant par dehors,
Bien ieunette de face, & au reste du corps
Couuerte d'vne robe honestement modeste,
Poussa de Iesus Christ ceste voix manifeste.

Voici le iour viendra que la saincte lueur
   Forçant l'obscurité des tenebres l'horreur,
   Deslira le lien de la Loy Mosaïque,
   Et lors que regnera ce grand Roy magnifique
   Roy de vie & de paix, alors chacun voirra
   Qu'vn merueilleux silence aux langues se lira,
   Car la dame du monde & de la gent humaine
   D'iceluy quelque iour se voirra estre pleine :
   Sous ce Roy la clemence & l'astre de la paix
   Tout ce grand vniuers couurira de ses rais :
   De là venu és mains d'vne gent enuieuse
   Il receura maint coup sur sa chair precieuse,
   Maint souflet & brocard, aux pecheurs promettant
   Sa merci, luy duquel on n'a merci pourtant.

Quæ

Væ sequitur patriæ de nomine dicta Lybissa:
Cincta caput serto viridi, & florente corona:
Ore puellarique, & honesto corpus amicta
Pallio: in has voces Christo super ora resoluit.
 Ecce dies veniet, tenebras cùm lumen opacas
Diuinum super illustrans, Mosaica vincla
Soluet: & humanis miranda silentia linguis
Fient, cùm Regem vitæ regnare videbunt:
Nanque illum humanæ gentis domina ambiet aluo.
Rege sub hoc totum clementia, páxque per orbem.
Inde manus in iniquorum venturus, atroces
Accipiet Colaphos, ignominiosáque dicta:
Spémque dabit miseris, nulli miserabilis ipse.

B

TROISIESME SYBILLE.

LA troisiesme de Delphe a esté surnommee
Dicte autrement Themys, on dit qu'elle fut nee
Deuant que le beau mur d'Ilion fut tombé,
De laquelle les vers Homere ayant robé
D'iceux parmi les siens fit vn subtil meslange
Le merite d'autruy tirant à sa louange,
Diodore l'ayant à Tyrese donné
Pour nourrir, Du laurier on l'appela Daphné.
Les Argiues vainqueurs de Thebes l'enuoyerent
A Delphe, où tost apres ses esprits se vouerent
A Phebus le deuin, là d'vn esprit ardant
Du Dieu, à vn chacun maint oracle rendant,
D'vne robe de noir elle fit sa vesture
Et autour de son chef troussoit sa cheuelure
D'vn ruban reserré : vne corne tenoit
Lors que d'vn vers diuin tel oracle donnoit.

RECOGNOY ton Seigneur, ton vray Seigneur & maistre
Fils vnique de Dieu, qui au monde doit naistre
Sans semence de pere ou de mere, arresté
Grand Prophete viuant en toute eternité.

*T*Ertia, cui Delphi tribuerunt Delphica nomen,
Dicta Themis, Troiæ quæ præcessisse ruinas
Dicitur: & cuius versus furatus Homerus
Versibus inseruit proprijs. Diodorus alumnam
Tiresiæ tradit lauri de nomine Daphnem:
Argiui Delphos Thebis quam denique victis
Miserunt: vbi fatidici mox conscia Phœbi,
Nomine Phœbeo responsa petentibus edens,
Veste tegebatur nigra, sed vitta capillos
Vincta cohercebat capiti, cornu ipsa tenebat,
Tales diuino caneret dum carmine voces.

Ipsum agnosce tuum dominum, qui filius vnus
Est, verúsque Dei: qui nullo semine nasci
Et maris & matris debet per secla Prophetes.

B ij

QVATRIESME SYBILE.

DV val Cymmerien (dit le seiour du somme)
Cymmerie en son nom la quatriesme se nomme,
On dit qu'elle habitoit les cauernes & lieux
Solitaires & cois, & les rochers plus creux:
Et que là sainctement ayant l'ame inspiree,
Chanta de Iesus Christ la venuë asseuree.

VNE Vierge viendra qui pure en chasteté,
Qui en trait de visage & naïue beauté
Sera sur toute vierge vn iour recommandee,
Sa tresse sera longue, au reste non fardee,
Et pauurete de biens sur vn petit de foin
D'alaitter son enfant elle prendra grand soin,
D'vn laict venu du ciel, ainsi qu'il conuient paistre
De celestes presens des cieux le puissant maistre.

Quartam

Vartam Cimmerij pagi de nomine dictam
Cimmeriam memorant specûs habitasse latebras:
Atque ibi diuini correptam numinis aura,
Talia de aduentu cecinisse oracula Christi.
   Præstanti veniet facie castißima virgo,
Longa comas, strato incumbens pauperrima fœno,
Quæ Puero succum præbebit in vbera missum
De cœlo, cœli domino cœlestia dona.

C

CINQVIESME SYBILLE.

LA cinquiéme a son nom du peuple Erythrean
Qui chantoit se dit-on, lors que le champ Troien
Fut enuahi des Grecs, ausquels elle deuine
Par eux des murs Troiens la superbe ruine,
(Matiere au grand Homere à faire vn carme faint)
Son corps estoit vestu d'vn habillement sainct,
Iusqu'aux tempes estoit d'vn noir bandeau voilee,
Tenant en sa main dextre vne dague afilee:
N'estant ieune par trop, ni par trop vieille aussi,
Mais ayant quelque peu le visage obscurci,
Pressant dessous ses pieds vn grand cercle en figure
Du ciel, d'astres rempli en luisante dorure,
Voici ce qu'elle disoit.   LE dernier temps viendra
Auquel Dieu tout puissant s'humiliant prendra
Corps humain & mortel, & gisant dans l'estable
Comme vn tendre agnelet aura pour delectable
La tette d'vne vierge, & pour tous compagnons
Douze il appellera, tous pauures vagabonds
Sur les flots de la mer, qui pour gaigner leur vie
Employent à pescher leur penible industrie.

Vinta Sybilla suis accepit nomen Erithris,
Quam cecinisse ferunt Troiana petentibus arua
Graijs, Troiæ illis & prædixisse ruinas:
Materies ficti quæ carminis esset Homero.
Veste induta sacra, nigro per tempora velo
Inque manu dextra gladium gestabat acutum.
Non antiqua nimis senio, sed turbida vultu,
Sub pedibúsque premens stellis fulgentibus aptum
Circulum inauratum, magni sub imagine cœli.
  Dixit in extremo fore tempore, numen vt altum
Sese deprimeret, mortaléque corpus iniret
In fœnóque iacens agnus, mammáque puellæ
Nutritus, sibi diligeret, sociósque vocaret
De piscatorum numero non diuite bis sex.

SIXIESME SYBILLE.

Elle qui fuit apres fut ie croy furnommee
De Cumes fon païs la Sybille Cumee,
    Mais Herophile au refte eftoit fon propre nom,
Ou pluftoft Demophile, elle offrit ce dit-on
Neuf liures à Tarquin, & pource fit demande
De trois cens efcus d'or, mais la fomme trop grande
Sembla de front au Roy, dont elle defpita,
Et trois liures au feu fubit elle ietta:
De rechef pour les fix demanda mefme fomme,
Ce que niant le Roy, au feu qui tout confomme
Elle en mit encor trois.   Pour trois reftans encor,
Et pour trois, elle obtint les trois cens efcus d'or:
Le Roy s'emerueillant de la grand hardieffe
Qu'auoit vfé vers luy la diuine preftreffe:
Sa robe eft d'or brochee, & fon chef eft tout nud,
Vn liure ouuert en haut par fa dextre eft tenu,
Les genoux l'vn fur l'autre, entre toute Sybile
Elle a le plus parlé, & de plus graue ftyle.

L'INNOCENT, difoit-elle, ainfi qu'vn agneau doux
    De la main des mefchans endurera maint coups,
    Sur le doz, fur la iouë, & auec grand outrage
    Verferont des crachats contre fon fainct vifage,
    De dols & de brocards il fera blafonné,
    Et d'efpines fon chef fe voirra couronné :
    Et pour fon dernier mets d'vne amertume eftrange
    De vinaigre & de fiel il gouft'ra le meflange.
    Le voile du grand Temple en deux pars s'ouurira
    Vne foudaine nuict le Soleil couurira
    Par trois heures durant, & mort en cette forte
    A tout droit de la mort il fermera la porte,
    Ayant dormi trois iours, & premier de tous mors
    En triomphe & lumiere ayant repris fon cors.

Sexta eft,

SExta eſt, Cumanæ cui dant cognomina Cumæ,
Herophilem vel Demophilem ſed nomine dictam
Quam tradunt proprio: libróſque tuliſſe nouenos
Tarquinio: próque his aureos petiſſe trecentos:
Deinde negante illo tres combuſſiſſe, ſed æquum
Pro reliquis pretium petiſſe, iterùmque negato
Tres vſiſſe iterum, pretiùmque æquale relictis
Pro tribus & petiſſe, & pro omnibus accepiſſe,
Rege ſacræ vatis mirante audacia corda.

    Aurea veſtis ineſt, nudum caput : alta volumen
Geſtat apertum dextra, genu ſuper altera clauſum :
Vna Sybillarum de Chriſto plura locuta eſt.

    Perferet innocuus manibúſque dolíſque nocentum
Sputa, grauéſque alapas dorſo, muteſcet vt agnus :
Spinea ſerta geret : mixtum guſtabit acetum
Fellis amaricie : manet illum hæc hoſpita menſa.
Scindetur templi velum, media tribus horis
Lux erit atra die : triſtíque ita morte iacebit.
Poſt triplicem ſomnum, mortis ius omne reſoluet,
Ipſe reſurgentum primus, qui morte iacebunt.

D

SEPTIESME SYBILLE.

LA septiesme a son nom de la mer Hellesponte,
D'vn bourg Troien issuë ainsi que lon raconte,
Qu'on appeloit Marpesse ou Marmisse, à l'endroit
Des murs Gargetiens, son corps elle couuroit
Sans fard à la rustique, vn couurechef accolle
Sa teste & son menton, & luy pend sur l'espole,
Son oracle estoit tel: Du plus haut lieu des cieux
Le Seigneur daignant bien regarder ces bas lieux,
Et les humbles, naistra d'vne Iuisue pucelle
Sur la terre, & fera son berceau dessus elle.

S Eptima sed ponto nomen suscepit ab Helles:
Troiano memorant veteres quam rure creatam
Marpesso, vel Marmisso, Gargetia iuxta
Mœnia. vestitu hæc rurali corpus amicta,
Et veteri velo sub guttur vtrinque voluto
Tecta caput, scapulásque oracula talia fudit:
    Excelso Dominus cœli de vertice tandem
Dignatus spectare humiles, de virgine Hebræa
Nascetur, vilísque premet cunabula terræ.

D ij

HVITIESME SYBILLE.

DV païs Phrigien la huictiéme se tire
Qui rendoit maint oracle en la ville d'Ancyre,
En rouge vestement elle auoit les bras nus
Et sur le dos espars ses cheueux tous chenus,
Tirant haut esleué le doy proche du pouce
Ayant l'esprit émeu de diuine secousse,
Seuerement parloit du tout qui doit finir,
Et de Christ qui vn jour pour iuger doit venir.

La trompette du ciel au son espouuentable
S'oirra de tous quartiers, & la terre habitable
Beante & creuassee au fond de son manoir
Monstrera des enfers le Chaos sombre & noir:
Et deuant le parquet de Dieu, non sans grand' honte
Les Rois, les Empereurs, viendront tous rendre conte
De leur charge & despence, aux bons & aux mauuais
Iuste iuge il sera ordonnant à iamais,
Aux bons heureuse vie, & le fruict de sa gloire,
Et le feu eternel aux meschans pour salaire.

Ctauam Phrygia memorant tellure creatam,
Ancyræ quæ vaticinans in veste rubente,
Brachia nuda, senex, sparsis per terga capillis,
Indice porrecto digito, faciéque seuera,
Talia venturo de Christo iudice dixit :
  Luctificam cœlo vocem tuba mittet ab alto :
Tartareumque Chaos ostendet terra dehiscens :
Ante Dei venient reges sublime tribunal,
Déque bonísque malísque Deus iudex erit æquus :
Præmia dánsque bonis, alios demittet in ignem.

E

NEVFIESME SYBILLE.

 E la ville Tyburte à la fresche demeure
La neufiéme a pris nom (Tiuoly a ceste heure
Se nomme ce païs) pour l'honneur qu'on luy fit
Aux riues d'Anion, qui Teueronne est dict,
L'image de laquelle on cacha dans le fleuue,
Qui par long temps apres vn liure en main se treuue,
Aucuns l'ont Albunee en son nom appelé:
Plus manifestement aucune n'a parlé.

En Bethleen de Christ se fera la naissance,
Octaue ayant en paix la terre en sa puissance,
Heureuse femme, heureuse, & heureux son tetin
Qui alaict'ra le Roy eternel & sans fin.

Nona Sybilla trahit gelido de Tybure nomen
Tyburtina, quod hic Anienis flumina iuxta
Culta sit antiquis: simulachrum cuius in amnis
Gurgite demersum post tempora longa repertum
Esse ferunt: dextráque manu tenuisse volumen.
Sunt tamen Albuncam proprio qui nomine dicunt,
Altera de Christo nec tam manifesta locuta est.
    In Bethlem nascentis erunt cunabula Christi,
Octaui imperio terras moderante quieto:
O foelix nimium foelix ô foemina, cuius
Vbera lactabunt Regem sine fine futurum.

E ij

DIXIESME SYBILLE.

A dixiesme eut à nom Phiton, ou Herophile,
Samienne autrement on l'appelloit de l'Isle
De Samos ancienne, au reste on l'a va nté
D'auoir vne poictrine excellente en beauté,
Tousiours le chef voilé d'vne touaille fine,
Et sa dextre pressee au long de sa poitrine,
Voici ce qu'elle a dit: Le Riche sortira
De pauure mere vn iour, & vn iour il sera
Des brutes adoré, ployant en bas leur teste,
Et sa louange au ciel se rendra manifeste.

Herophilem

Erophilem decimam vel Phyto nomine dicunt:
Cui Samiæ Samos ipsa vetus dedit insula nomen.
Insignis fuit hæc formoso pectore, velo
Semper operta caput, pressáque ad pectora dextra.
Quæ cecinit, Veniet diues de paupere matre:
Hunc & adorabunt pronis animalia terræ
Vultibus: è cœlóque super laus læta sonabit.

F

L'ONZIESME SYBILLE.

LA plus proche des dix Europe est appelee
De la troisiéme part de la terre égallee,
De bouche bien seante, & en ieune clarté
D'vn visage riant reluisoit en beauté,
Vn crespe delié couuroit sa teste blonde,
Et pendant sur son dos flottoit onde a onde,
Sa robe estoit doree, ayant vn liure aussi
De Christ qui doit venir, prophetisant cecy.

IA ja ce Prince vient qui doit leuer la teste
Sur les monts sourcilleux & sur le plus hault feste
Des bois, & des rochers, d'vne vierge sortant
Vierge & sans tache apres, qui demeure pourtant
Roy sur la pauureté, il fera son assiette,
Sans mot dire, Seigneur en vne cour muette

P Roxima poſt decimam cui nomen pars dedit orbis
Tertia, & ex illa fuit Europæa vocata,
Ore decens, æuo iuuenis, faciéque renitens,
Et velata caput tenui velamine circum,
Veſte ſed aurata, dextráque tenente libellum,
Talia de Chriſto venturo oracula fudit.

Iam iam aderit ſupra qui montes exerat altos,
Et colles ſyluáſque caput de virginis aluo
Intactæ egrediens, in paupertate locabit
Rex ſolium, mutáque ſilens dominabitur aula.

F ij

DOVZIESME SYBILLE.

LA derniere qui ſuit ſe nommoit Agripine
Ayant la robe d'or,& de couleur pourprine,
Vn manteau par deſſus.Elle eſt d'aage moien
En ſa ieune vieilleſſe,& ſur tout luy ſied bien
Sa main dextre qui ſemble à ſon giron colee,
Comme ſi d'vn grand cas ell' fut emerueillee:
Et l'autre main nous monſtre en penchant contre bas,
En vn petit tableau de mots vn grand amas.

    LA Parole qui onc ne peut eſtre touchee
Ores ſe touchera,l'heure en eſt approchee:
Et comme vne racine en tous lieux produira
Semence bien fertille,& en fin ſechera
Comme fueille d'Automne:& pourtant ſa vieilleſſe
Des hommes ne viendra en cognoiſſance expreſſe.
    Au ventre de ſa mere,ainſi qu'vn autre enfant,
Et comme homme aduenir neuf mois ſera giſant.
Par gens qui n'ont de Dieu en l'ame aucune crainte
Sera foulé aux pieds cet innocent ſans feinte.
    Au milieu des pecheurs ſa demeure il fera,
Et d'vn iuge meſchant condamné il ſera
De crimes euidens,& ce pendant ſa gloire
A vn prophane meſme alors ſera notoire.

Vltima

V Ltima poſt reliquas diċta Agrippina Sybillas,
Aurea cui veſtis, roſeo chlamis illita ſucco:
Inter anum iuuenémque, ſed in gremio manus hæret
Dextra velut mirantis, at altera prona deorſum
Monſtrat, non magna tot verba inſcripta tabella.

Expers contaċtus fiet palpabile verbum,
Germen aget veluti radix, ſiccabitur arens
Vt folium, nec erit cuiquam ſua nota vetuſtas:
Materna circum puer inuoluetur in aluo,
Impia ſub pedibus ſed conculcabit eum gens,
Nam peccati inſons peccatores aget inter,
Peccatíque reus ſub iudice fiet iniquo,
Gloria cuius erit cuidam manifeſta profano.

G

BEATA MARIA MATER DEI